Paul Hyacinthe-Loyson

Nos bons Amis les Anglais

ÉDITIONS
de la Ligue Républicaine de Défense Nationale

Droit et Liberté

77, Rue Blanche, PARIS

LISEZ et faites lire autour de vous.

Prix : 20 centimes.

Nos bons Amis

les Anglais

Nos bons Amis les Anglais

AVANT-PROPOS

POURQUOI CETTE BROCHURE?

Parce que nos bons amis les Anglais sont gens singulièrement discrets, voire - incurablement timides quand il s'agit de leurs propres mérites. Parce qu'ils se connaissent mal eux-mêmes et se font encore moins bien connaître des autres, leur main droite ignorant ce que donne leur gauche, et la gauche la droite, réciproquement. Parce que, durant quatre années de guerre, ils nous ont aidés par des actes, en se refusant aux paroles. Voilà pourquoi il nous appartient, à nous Français, leurs frères d'armes dans cette guerre du Droit depuis mille cinq cents jours de lutte commune, de leur consacrer ce petit livre d'or de leurs bienfaits, au risque d'offenser leur modestie.

Et nous choisissons pour le faire le moment précis où l'aide magnifique des Américains vient renforcer l'aide magnifique des Britanniques. Nous associons dans un même sentiment d'admiration et d'affection ceux qui improvisent si merveilleusement l'effort final de la victoire et ceux qui, dès la première heure, organisèrent si patiemment le long effort de la résistance; ceux qui nous ont permis de tenir et ceux qui nous assurent de vaincre.

Nous rendons hommage, nous ne remercions point : « Qui prête à la France donne au Monde! »

A LA RESCOUSSE DÈS LA PREMIÈRE HEURE

Le 3 août 1914, lorsque l'Allemagne se jeta sur nous par un coup de brutale surprise, aucune alliance politique, aucune convention militaire ne *liait l'Angleterre à la France.* Les Anglais se berçaient comme nous de l'illusion de la Paix des peuples et de la bonne volonté allemande. Les « libéraux » étaient au pouvoir, comme ils y étaient en France, et le gouvernement de M. Asquith, qui n'envisageait que des problèmes de paix, fut pris à la gorge par la guerre.

Mais la France qui se levait pour se défendre se dressait aussi pour la sauvegarde de tous les peuples et de leurs libertés. Au bruit sec d'un « chiffon de papier » que l'Allemagne déchirait cyniquement, et à l'appel du bon droit de la France menacée à travers la Belgique, immédiatement, sans hésitation, *sans préparation, sans obligation,* l'Angleterre « marcha » pour la Belgique et pour la France, en vertu de l'Alliance non écrite qui unit et fait solidaires tous les peuples de démocratie : première « société des Nations », qui fut, ce jour-là, baptisée dans le sang.

Moralement, ce concours spontané de la Grande-Bretagne qui s'engageait à appuyer la France en guerre, de toute sa puissance, de toutes ses ressources, de tous ses sacrifices en hommes, *décidait, dès lors, de l'issue du conflit*, et le gouvernement allemand ne s'y trompa point, comme le fit voir l'explosion de colère de Bethmann-Holweg, dans la scène du « chiffon de papier ».

Militairement, c'est-à-dire du double point de vue de l'aide de sa flotte et de son armée, l'Angleterre mit aussitôt toutes ses forces à notre disposition.

Sa flotte, dès la toute première heure, assura à ses nouveaux alliés la maîtrise absolue de la mer du Nord, sauvant les côtes de la Belgique et de la France *d'une menace de débarquement* dont l'ennemi escomptait la diversion, et *embouteillant la flotte allemande*, qui était la deuxième du monde.

Quant à l'Armée britannique, à la date d'août 1914, elle comprenait en tout et pour tout *250.000 hommes* de troupes « régulières », correspondant à nos soldats de l'active, tous recrutés par *volontariat*, le reste consistant en réserves (200.000 hommes) et en territoriaux *incomplètement* entraînés (250.000).

Sur ces 250.000 hommes de troupes de choc, l'Angleterre en dépêcha en France *160.000 dès la mi-août 1914*. C'était l'heure terrible de la bataille de Charleroi (que les Anglais appellent la bataille de Mons). Sans doute, l'Angleterre, par prudence, aurait-elle pu attendre les événements avant de dégarnir sa métropole de ses seules troupes aguerries, et se contenter, à ce moment, de coopérer à la guerre par le blocus de l'Allemagne. C'est justement là ce qu'elle ne voulut point. Elle choisit d'être à nos côtés pour partager tout le péril où était exposée la France, et à l'heure où ce péril était le plus

sombre. Elle joua son va-tout pour notre
cause. De ses « sept premières divisions »,
une partie se fit hacher à Mons pour couvrir
la retraite de l'armée française; le reste, qui
forma une armée, prit, on le sait, une part
décisive à la bataille de la Marne. Combien
parmi les hommes de cette armée-là reposent
aujourd'hui dans cette terre de France qu'ils
étaient accourus défendre!

Telle fut, dès les débuts, à notre égard,
l'attitude de la *loyale Albion*: elle marcha au
canon français.

IMPROVISATION D'UNE

GRANDE ARMÉE

Quels que fussent la valeur professionnelle hors pair et l'héroïsme magnifique de cette première armée de nos Alliés, celle-ci était numériquement infime avant que ses terribles pertes ne l'eussent quasi réduite à néant. Le problème était donc, pour la Grande-Bretagne, *d'improviser de toutes pièces une immense armée moderne*, contrairement à toutes les traditions de ce pays, à ses goûts les plus invétérés, et en dépit de son inexpérience.

Quatre jours après la déclaration de guerre de l'Angleterre à l'Allemagne (4 août 1914), une guerre, peut-on dire déclarée sans soldats, Lord Kitchener faisait appel à *100.000 volontaires*. En moins de *quinze jours* ces 100.000 hommes avaient répondu : présents !

Dès la cinquième semaine de la guerre, ce chiffre montait à *175.000*, dont *30.000 enrôlés en un seul jour*.

Au 31 juillet 1915, l'effectif de l'armée britannique était porté à *2 millions* d'hommes, *tous volontaires*, accourus de tous les Dominions, du Canada, de l'Australie, de la

Nouvelle-Zélande, de l'Afrique du Sud (1),
de l'Inde (1.000.000) et de l'Irlande même,
(170.000), à l'appel de la mère-patrie qui se
battait pour une juste cause.

Enfin, dans son message du 25 mai 1916,
le roi George annonçait que *5 millions*
d'hommes avaient pris du service *volontaire-*
ment, tant dans l'armée que dans la marine :
voilà ce qu'était devenue en moins de deux
ans la « méprisable petite armée » !

Jamais l'histoire n'a vu, ni ne reverra peut-
être, pareil élan de multitudes s'offrant, *sans*
contrainte, au péril pour la défense de l'idéal
dont leur mère-patrie les avait nourris :
l'honneur, le droit, la liberté.

Ce prodigieux exemple de dévouement,
donné librement par les citoyens de cet
empire démocratique, devait être éclipsé
cependant, aux yeux de ceux qui connaissent
les mœurs et les traditions individualistes de
l'Angleterre, par un effort qu'elle fit sur elle-
même, moins éclatant, mais plus méritoire
encore.

Afin de suffire aux besoins croissants de la
guerre et de ne manquer à aucun moment,
dans aucune éventualité, à la confiance que
ses Alliés mettaient en elle, l'Angleterre
institua (février-mai 1916) le *service militaire*
obligatoire pour tous les hommes jusqu'à
41 ans, limite d'âge encore reculée depuis.
Et le 14 janvier 1918, le gouvernement pou-
vait annoncer aux communes que le chiffre

------

(1) Les vaincus d'il y a dix-huit ans, les Boers, furent parmi
les plus empressés, en reconnaissance du régime libéral dont les
avait dotés l'Angleterre.

total des « forces armées de la Couronne » atteignait 7 *millions cinq cent mille hommes.*

Où sont-ils donc, demanderont des esprits superficiels, en regardant sur le front de France où le supplément de l'aide américaine est reconnu indispensable pour obtenir la victoire?

Ils sont aux quatre coins du monde : en *France,* à *Salonique,* sans oublier les hécatombes des *Dardanelles,* en *Égypte,* en *Palestine,* en *Mésopotamie,* en *Perse,* en *Afrique,* et sur les flots de *tous les Océans* de la planète. Et cela entraîne de terribles pertes qui s'additionnent, et cela nécessite d'énormes réserves qui se renouvellent.

Dans les *seize premiers mois* de la guerre, les pertes britanniques furent de 550.000, c'est-à-dire le 70 % de l'effectif de la première armée. Une seule division avait perdu *dix mille* hommes sur *douze mille,* et trois cent cinquante officiers sur quatre-cents. En octobre 1917, *trois millions d'hommes servaient sur les multiples fronts de bataille.*

Voilà où sont les soldats britanniques, et si l'on demande ce qu'ils ont fait, pour leur propre compte, le voici : *176.000 prisonniers* et plus de *900 canons* capturés, *1.244.000 milles* (deux *milles* égalent trois kilomètres carrés) de territoires pris aux Allemands en Afrique (c'est-à-dire la totalité des colonies allemandes), *20.000 milles* carrés reconquis en Egypte, et 1.410 en France (1).

---

(1) Citons un exemple, parmi tant d'autres, de l'effort de la Grande-Bretagne pour improviser les divers services de son armée : le nombre de ses avions de guerre était en 1914 de 64, il est aujourd'hui de *plusieurs milliers*; le personnel de l'aviation

Si vous voulez savoir maintenant quelle
est la valeur combative du *Tommy* anglais,
demandez au *poilu* français, et si enfin,
comme il n'est que très naturel, vous
examinez quels ont été, sur le front français,
les résultats positifs de la coopération britannique depuis la bataille de la Marne,
l'histoire vous répond : tout le Nord de la
France *protégé et administré militairement* par
nos bons amis les Anglais avec, tour à tour,
un courage, un tact et un dévouement frater-
nel dont témoignent nos populations ; et puis,
la formidable *bataille de la Somme* (juillet-
novembre 1916) conçue, préparée, poursuivie,
gagnée en coopération avec nous, comme ne
l'avait été encore aucune des vastes offensive allemandes et, pour résultat, quelques
mois plus tard, au début de 1917, *la retraite
générale de l'ennemi sur l'Ancre*, qui fut, pour
lui, depuis la Marne, le plus cruel aveu de
défaite, et devait le pousser à tenter sa
revanche par des ruées de 1918, brisées
comme celles de 1914. Si nos braves alliés
américains, récemment, ont pu nous aider
— avec quel brio — à refouler l'Allemand
de la Marne à Saint-Mihiel, c'est que nos
braves alliés britanniques, il y a deux ans,
l'avaient refoulé cinq mois durant — avec
quelle ténacité — sur les positions de la
Somme.

Mais ceux-ci ne s'en tinrent pas là. La

----

comptait 800 hommes à la même date, il est aujourd'hui de
50.000. Quant aux prouesses des aviateurs britanniques,
devenues légendaires comme celles des nôtres, ces chiffres les
attestent éloquemment : dans les premiers neuf mois seulement de
1917 : 876 avions ennemis abattus, 759 désemparés.

seconde bataille de la Marne, gagnée par les
Franco-Américains, fut suivie, appuyée,
accompagnée de la seconde bataille de
Picardie où les Britanniques, à eux seuls,
prirent, en août 1918, une éclatante revanche
de leur épreuve du mois de mars. Tandis que
nous poussions l'ennemi dans les reins, ils le
serraient, eux, à la gorge. La victoire de 1919
sera l'œuvre pour moitié de nos bons amis
les Américains; celle de 1918, qui la prépare,
est l'œuvre pour moitié de nos bons amis les
Anglais.

LE CONTINENT SAUVÉ
PAR LA MER

Durant tout ce temps la flotte britannique, celle de combat comme celle de transport, non seulement se maintenait au premier rang que lui avait en vain disputé l'Allemagne, mais, *doublait, triplait,* parfois *quadruplait sa puissance.*

Chaque mois, *1.000 navires marchands* en service de guerre passent dans les docks pour réparation; en *un mois, 1.000 navires de guerre* ont été achevés ou réparés; de 1914 à 1917, *31.000 navires* ont passé aux docks, tous britanniques, chiffre qui doit s'additionner des milliers de *navires alliés* réparés dans les cales de la Grande-Bretagne.

Quant au lancement des *nouvelles unités de combat,* dont le chiffre est tenu secret par l'Amirauté pour des raisons faciles à comprendre, le Gouvernement a pu déclarer qu'en 12 mois (octobre 1916-octobre 1917) il a *quadruplé* par rapport à la production d'avant-guerre.

En effet le tonnage total de la flotte de guerre, qui était en 1914 *de 4 millions* de tonnes, passe en 1917 à *6 millions,* les dragueurs de mines passent de 12 (*sic*) en 1914 à 3.300 (*sic*), les équipages et auxiliaires passent de *145.000* à *430.000* hommes.

Ce formidable renforcement de la puissance maritime de l'Angleterre a donné, dans la guerre, les résultats suivants :

Outre l'*embouteillement de l'escadre ennemie* de haute mer dans le canal de Kiel, dès le premier jour, les *corsaires allemands* ont été traqués et coulés jusqu'au dernier, dès les premiers mois.

Pour inévitables et sensibles qu'aient été les pertes de la flotte britannique, tous les engagements avec celle de l'ennemi, quand cette dernière tentait une rapide sortie, ont été marqués par des victoires écrasantes, *Héligoland* (28 août 1914), Iles *Falkland* (8 décembre 1914), *Dogger Bank* (24 janvier 1915), *Jutland* (31 mai 1916), etc... Et l'embouteillage du chenal de *Zeebrugge* (1918) est trop récent, ce coup d'audace fut trop éclatant et trop réussi, pour avoir besoin d'être souligné.

Ce qui doit, ensuite, le plus retenir l'attention, ce sont les chiffres extraordinaires fournis par la statistique officielle du transport par mer *de troupes britanniques et alliées;* à la date de 1917, *treize millions d'hommes* transportés d'un pays à l'autre, avec une perte de *2.700 hommes* seulement due à des attaques sous-marines, *deux millions* de bêtes de trait, *500.000 véhicules, vingt-cinq millions de tonnes d'explosifs et de ravitaillements militaires.*

Commercialement, d'autre part, le pavillon allemand a complètement disparu des mers, le commerce allemand a été ruiné, anéanti par nos alliés, et en revanche, *cent trente millions de tonnes* de subsistances ou de matériel alliés ont librement pu circuler sur toutes les mers.

Enfin la seule grave menace de l'ennemi

sur mer, celle dont il annonça qu'elle lui
assurerait la victoire en six mois, la *campagne sous-marine* à outrance, contre laquelle,
dans les débuts, nous nous trouvions dépour-
vus de moyens de répression efficaces, cette
menace est, à l'heure actuelle, conjurée,
paralysée, brisée.

Ainsi se résument les services inappréciables rendus par *la flotte britannique* à la cause
de la France et de ses Alliés ; la flotte ennemie mise hors de jeu, les troupes de l'Entente transportées librement sur toutes les
mers, les munitions et le matériel de combat
transportées de même, soit d'Angleterre en
France, soit d'Amérique en Europe à l'époque de la neutralité des Etats-Unis, le blocus de l'Allemagne poussé jusqu'à une
disette de famine, le ravitaillement des pays
de l'Entente et, au premier chef, de France,
*assuré jusqu'à une aisance qu'on ne connaît même
pas en Angleterre* (1); enfin le ravitaillement
des pays neutres en denrées alimentaires
est assuré dans la mesure de leur loya-
lisme à notre égard, seule réplique efficace
au chantage de l'Allemagne sur ces pays grâce
à ses livraisons de charbon.

Chargée du gros œuvre de guerre sur mer,
la flotte britannique, tant par son action
foudroyante que par sa garde silencieuse, a
contribué non moins que les armées françaises et britanniques à affaiblir, à contenir
et à briser l'*offensive terrestre* de l'ennemi.

----

(1) Quiconque a séjourné en Grande-Bretagne depuis un an et
demi témoignera que les Anglais se sont mis spontanément à un
régime de restriction alimentaire dont on ne se fait pas une idée
en France, et c'est pour la France qu'ils l'ont fait.

L'ANGLETERRE
BANQUIER DES ALLIÉS

Lloyd George a déclaré, dès le début de la guerre, que les « balles d'or » étaient les plus sûres pour frapper au cœur l'adversaire. Son pays a retenu la leçon. L'effort financier de la Grande-Bretagne égale au moins son effort militaire dont il est l'expresse condition.

Les ressources totales du budget anglais étaient, en 1913-1914, de *198.243.000* livres sterling, soit 4 milliards 956.075.999 francs; elles sont, en 1917-1918, de *612 millions 500.000* livres, soit 9 milliards 187 millions 500.000 francs. Les dépenses passant, pour ces mêmes périodes, de *197.492.700 à 2.290.581.000*, soit 56 milliards 259 millions 525.000 francs!

En août 1914, la dette du Royaume-Uni était de *645.000.000* de livres; elle atteignait, en septembre 1917, *cinq milliards de livres*, soit *cent vingt-cinq milliards de francs!*

Or, *ce que tout Français devrait savoir, c'est que, sur cette somme fabuleuse, un milliard cent millions de livres sterling, donc plus de vingt-cinq milliards de francs,* constituent des avances de guerre aux Alliés.

C'est, on le voit, l'or britannique qui donne sa trempe à l'acier des obus français tirés au front contre les Boches.

	IMPOT	
Revenu gagné	Avant la Guerre	Depuis la Guerre
161 livres . .	9 pence (70 centimes)	4 livres 12 shillings 3 pence
1.000 livres . .	37 livres 10 shillings	125 livres
2.500 livres . .	125 livres	541 livres 13 shillings 4 pence

	IMPOT	
Revenu hérité	Avant la Guerre	Depuis la Guerre
161 livres . . .	1 shilling 2 pence	6 livres 3 shillings
1.000 livres . .	58 livres 6 shillings 8 pence	175 livres
2.500 livres . .	145 livres 16 shillings 8 pence	625 livres

La plus haute leçon que l'Angleterre nous ait donnée, c'est qu'elle a pris l'argent nécessaire là où cet argent se trouvait, elle l'a prélevé sur la fortune, par *l'impôt sur le revenu*, impôt draconien, renforcé du « *super-tax* » de guerre, impôt équitable qui tient compte de la distinction essentielle *entre le revenu gagné* et le *revenu hérité*.

Qu'on en juge par trois exemples sur le tableau de la page 16.

Et cet impôt sur le revenu paraîtra lui-même léger, si on le compare au « *profits tax*», c'est-à-dire *à l'impôt mis sur les profits de guerre* dès que ceux-ci dépassent le profit normal du temps de paix.

Cet impôt spécial de guerre a retranché, en 1917, *60 pour cent de leurs bénéfices* aux industriels et commerçants!

Ces deux impôts à eux seuls, pour l'exercice 1917-1918, ont rendu :

L'impôt renforcé sur le revenu : *224 millions de livres* (5 milliards 600 millions de francs), l'impôt des excès de profits de guerre : *180 millions de livres* (4 milliards 500 millions de francs), soit un total de : *quatre cent quatre millions de livres sterling* (10 milliards 100 millions de francs).

En ajoutant à ces chiffres gigantesques le produit des autres contributions de tout genre, on atteint un total d'ensemble de *14 milliards 300 millions* obtenus des contribuables britanniques pour l'année 1917!

Or, ces sacrifices imposés n'ont nullement tari la générosité du patriotisme anglais. Tout au contraire, les campagnes pour l'emprunt national revêtent en Grande-Bretagne

le caractère de véritables croisades (1). Des
tanks amenés du front parcourent tout le
pays, montés par des Pierre l'Hermite du
ministère des Finances, qui reçoivent les
oboles de la foule; des pancartes de dimen-
sions babyloniennes, aux inscriptions énergiques, recouvrent tous les édifices, y com-
pris le piédestal de la colonne de Nelson;
au dernier jour de la souscription, le Trafalgar Square, pris d'assaut par la multi-
tude, offre chaque fois le spectacle d'un
soulèvement populaire.

Voici les chiffres des trois premiers em-
prunts de guerre britanniques :

Le 1er : 350 millions de livres (*8 milliards
750 millions de francs*);

Le 2e : 606 millions de livres (*15 milliards
400 millions de francs*) ;

Le 3e : *1 milliard* de livres, soit *25 milliards de francs* !

Avouez que ce n'est point de « balles
d'or », mais bien plutôt de « boulets d'or »
que Lloyd George aurait dû parler.

L'Angleterre, pour soutenir la guerre, a
donné son cœur et vidé ses poches. Qui ose-
rait dire qu'elle s'est dérobée?

---

(1) Les grandes villes se livrent des matchs. Glasgow et Bir-
mingham entre autres, à laquelle souscrira le plus.

DU FER ET DU FEU

AUX ALLIÉS

Nous venons de montrer l'énormité de l'effort britannique à trois des points de vue les plus essentiels de la guerre; nous ne saurions dans cette brève étude continuer l'examen détaillé de toutes les catégories de cet effort. Il y faudrait des centaines de pages. Signalons toutefois dans l'industrie deux autres exemples de l'intensification extraordinaire de la production de nos Alliés.

En mai 1915, les *Allemands* fabriquaient par jour 250.000 *obus*, pour la plupart explosifs; la *Grande-Bretagne* 15.500 seulement!

Quel écart, partant quelle menace! Aussitôt le gouvernement prend, là encore, des mesures énergiques; *il réquisitionne les usines*. Au 30 janvier 1916, *2.500* travaillent pour les munitions; au 2 mars 1917, *4.770*; en octobre 1917, *deux millions d'hommes* et *700.000 femmes* sont employés *aux usines de guerre*. Quant à la production de l'acier, elle passe de 7 millions de tonnes en 1914 à 12 millions en 1918, ce qui permet, en trois ans, un accroissement dans la fabrication des obus représenté comparativement par les chiffres suivants :

Telle fut l'œuvre du ministère des Munitions créé en juin 1915.

Le second exemple de surproduction industrielle que nous ne saurions passer sous silence, c'est *celui du charbon*.

Qui ne se rappelle la *crise du charbon* dont nous eûmes à souffrir en France pendant l'hiver de 1916? Et combien d'esprits légers conclurent hâtivement, à l'époque, que c'était « la faute à l'Angleterre »?

Or, avant la guerre, sur les 20 millions de tonnes que la France importait, *13* nous venaient de *l'Angleterre, 7 de la Belgique et de l'Allemagne.*

Ces deux dernières sources d'approvisionnement nous ayant été supprimées par la guerre, et notre production du Nord nous ayant été arrachée, nous ne dûmes plus compter que sur l'Angleterre. Mais, par l'effet de la diminution de main-d'œuvre qu'entraîna pour elle *l'enrôlement volontaire de milliers de mineurs*, sa production baissa de *287 millions* de tonnes en 1913 à *255 millions* en 1916; son exportation, qui était de *73 millions* en 1913, à *58 millions* en 1916. La France eut-elle à en pâtir? *Tout au contraire.* Au lieu de *13 millions* que l'Angleterre nous fournissait en 1913, elle nous en fournit *17 millions et demi* en 1915 et 1916.

Ici encore, *l'Angleterre mit la France à un régime privilégié, et ici encore, se priva pour nous.*

Qu'on ajoute à cette constatation la nécessité d'honneur où elle se trouvait d'approvisionner aussi, à elle seule, notre alliée l'*Italie*, privée comme nous de son approvisionnement par l'Allemagne, qu'on suppute, enfin, les difficultés inouïes et subites qui vinrent entraver la livraison : *péril sous-marin, d'où transport par rail en Grande-Bretagne au lieu du cabotage d'avant-guerre; encombrement des ports français; manque de wagons aussi bien en France qu'en Angleterre*, et l'on reconnaîtra qu'à cet égard, comme à tous autres, l'Angleterre s'est surpassée dans son désir et dans son effort de venir en aide à son alliée. On peut dire que, par un symbole d'une vérité de fait matérielle, c'est elle qui entretint, pendant les durs hivers d'épreuve, le foyer sacré de la France.

L'EFFORT TOTAL DE LA NATION BRITANNIQUE

Mais ce que nous voudrions surtout faire sentir et voir aux Français, c'est l'effort total de la nation britannique et *son esprit de guerre permanent*. Plus qu'en tout autre pays du monde, la guerre y a militarisé les mœurs, les individus, l'aspect des choses et de la rue elle-même.

Pas une boutique, pas un pan de muraille, qui n'affiche et ne renouvelle chaque semaine un appel direct, une mise en demeure à la conscience, au sacrifice, à la bourse de tous les passants. Pas une rue, pas une avenue, où ne défile quelque cortège, non d'apparat, mais de *servitude volontaire*. Pas une place et pas un square où, le dimanche, ne se tienne un *meeting* de propagande patriotique. Pas un citoyen enfin de ce peuple archi-individualiste et qui répugnait tant avant la guerre à tout embrigadement de sa liberté, pas un qui n'arbore à son vêtement avec fierté, à tous les âges, des auxiliaires aux quinquagénaires, *l'insigne* de son service public. Sait-on en France *que la police de Londres* est assurée pour moitié par des citoyens d'âge mûr, appartenant à toutes les classes de la société, et que les membres de ce corps spécial (commerçants, banquiers, rentiers), revêtus d'un uniforme distinctif, arpentent toutes les nuits les **trottoirs** de la **capitale** pour relever ou renforcer les *policemen?*

Enfin, parmi tous ces concours spontanés des *initiatives individuelles* mises au service de la *discipline collective*, qui nous montrent l'île de Neptune devenue l'île de Vulcain et de Mars et mobilisée totalement, de son moindre morceau de charbon à sa moindre motte de terre, aucun exemple n'est plus nouveau et plus éloquent que celui de *l'enrôlement des femmes*. Qu'il nous soit permis d'y insister.

Certes, dans tous les pays de l'Entente, et en France peut-être plus qu'en tout autre, la femme a pris sa part héroïque et funèbre de la guerre; en France, certainement, plus qu'en tout autre pays, la cultivatrice, la laboureuse a soutenu le poilu en sauvant la terre. Mais il faut se rappeler qu'en Grande-Bretagne la proportion des femmes non mariées dépassait de plusieurs millions le pourcentage correspondant des autres pays; que le mouvement *féministe* et plus spécifiquement *suffragiste* y avait acquis un développement inconnu dans le reste du monde, qu'enfin l'éducation physique de la jeune fille en faisait, plus que partout ailleurs, la *remplaçante* par excellence de l'homme aux armées.

Aussi la *participation de la femme à la guerre* a-t-elle été, en Grande-Bretagne, plus abondante, plus diverse et plus complète que dans nul autre pays. On pourrait dire qu'en Angleterre il n'y a plus que des soldats, toute distinction de sexe abolie.

Conformément à l'éternelle mission de la

femme, c'est d'abord aux œuvres de *secours aux blessés* que les femmes britanniques se sont consacrées en nombre vraiment incroyable. Dans l'armée anglaise elles ont assuré le triple service sanitaire : *du front, de la zone d'évacuation, de la zone de distribution.* Puis, elles ont envoyé des missions spéciales en *Serbie*, en *Macédoine*, en *Roumanie*, en *Russie*, partout où les victimes appelaient à l'aide.

Les usines d'industries de guerre, nous l'avons dit, absorbent *700.000 femmes*, pour les munitions, auxquelles il faut en ajouter *200.000* pour les services annexes; les mécaniciennes de l'aviation sont au nombre de *1.450* (novembre 1917). Elles se distinguent en « Pingouins » mobiles, affectées à tous les centres d'aviation du Royaume ou de France, et en « Pingouins immobiles » qui servent dans leur localité d'origine. Une *section navale* a été aussi organisée par les femmes pour libérer les hommes chargés de la surveillance côtière. Enfin les services du *camouflage* emploient une très forte proportion de femmes.

Au total *70* % de tout travail mécanique des industries de guerre est assuré par la main-d'œuvre féminine; des dames de *l'aristocratie*, des *bourgeoises*, des *artistes*, des *comédiennes* coudoient dans tous les chantiers des *prolétariennes*, donnant ainsi plus que dans tout autre pays *l'exemple de l'union sacrée sociale pour la défense nationale.*

Militairement, au sens le plus strict du mot, la coopération des femmes à la guerre s'est traduite par une innovation inconnue ailleurs. Au printemps de 1915, la *reserve des femmes volontaires* ("Women's Volunteer Reserve") comprenait déjà *8.000 membres*. Depuis lors, les *femmes auxiliaires de l'Armée* « Women's Army Auxiliary Corps », désignées communément par le composé « Wacs », se sont adjointes à cette première formation et ont constitué l'effectif d'un véritable *corps d'armée*. Elle sont vêtues de l'uniforme militaire, elles possèdent leurs cadres et leurs règlements militaires, elles logent dans les baraquements, et voisinent avec les hommes dont un général anglais a déclaré « qu'elles rehaussent la moralité par leur présence ». Ces amazones assurent, en Grande-Bretagne, les services de bureaux dans les états-majors; *sur le front français*, elles libèrent un très grand nombre de combattants en assurant les services de téléphonistes, télégraphistes, chauffeuses d'automobiles, etc.

Enfin, une troisième formation complémentaire, mais indépendante, de *femmes soldats* s'est constituée cette année même (1918) à l'appel de la reine Mary : les *Queen Mary's Army Auxiliary Corps*, qui, dès le mois de mai enregistrait *35.000 engagements volontaires, dont 10.000 femmes* déjà en service hors du Royaume, auxquels *55.000 nouvelles recrues* se sont ajoutées, en juillet 1918, à la suite d'un deuxième appel de la Reine, placardé sur le piédestal de la colonne de Nelson.

Le nombre total des femmes britanniques en service de guerre pour le gouvernement était, en novembre 1917, de *un million 500.000*.

Ce chiffre lui-même est bien dépassé depuis lors, si l'on en vient à considérer le nombre de femmes qui se sont enrôlées, en outre, dans les services auxiliaires de la *Police* (brigades féminines), des *Sapeurs Pompiers* (idem), les conductrices de *fourgons postaux* et la *main-d'œuvre des travaux des champs* où les dames des classes aisées en cottes et culottes de toile prêtent leur concours aux paysannes pour les plus durs travaux des champs ou de la ferme.

Nous laissons de côté, dans ce relevé, l'emploi de la main-d'œuvre féminine dans les industries et fonctions du temps de paix, dont les nécessités de la guerre ont porté les chiffres, à la date de juillet 1916, à *5 millions d'ouvrières*, à l'exclusion de leur participation aux industries de guerre déjà signalée.

Mais ce que nous ne saurions trop souligner, par contre, c'est l'admirable institution des *Y. M. C. A., " Young Men's Christian Association "*, si longtemps ignorée en France, même après les services inappréciables rendus par elle sur le front français, tant aux troupes anglaises qu'aux françaises. Cette « Union chrétienne des jeunes gens », dont le *budget énorme est assuré par des souscriptions privées*, a volontairement éliminé le caractère confessionnel et protestant de ses origines pour se transformer en une œuvre de bons *Samaritains du moral et du confort des troupes* au sortir de la ligne de feu. Derrière les lignes, en première zone aussi bien que dans toutes les « bases » britanniques, le Y. M. C. A. a institué ces innombrables

« huts » (cabanes) ou cantines, qui assurent
aux soldats des deux armées, répétons-le,
non seulement des victuailles et boissons
gratuites, mais encore des bains, des lectures,
des jeux et des divertissements de tout genre
sous forme de concerts et de conférences.

C'est cette œuvre fonctionnant en France,
et sur tous les fronts de guerre *depuis la
première année* de la guerre, qui a servi
d'exemple et de modèle à l'œuvre *française
des Foyers du Soldat* de récente création.

Or, si nous nous sommes étendus sur ce
chapitre, c'est que les Y. M. C. A., par
leur esprit, leur fonctionnement, leur personnel, sont surtout redevables de leur
succès à l'initiative et à la coopération de
la *Femme anglaise des classes bourgeoises.*

Nous sera-t-il permis d'indiquer ici que
la présence de toutes ces femmes dans tous
ces services au front ou de la zone des armées,
payant de leur personne, de leur sacrifice,
en renonçant à leur bien-être et en s'exilant,
au delà des mers, de leurs foyers pour
soulager les *tommies* qui se battent, a déjà eu
pour résultat de conquérir le *bulletin de vote
politique* pour toutes les femmes de la Grande-
Bretagne, et qu'elle aura cet autre effet,
après la guerre, de sceller dans ce pays
l'union sociale.

COMMENT
L'ANGLETERRE
PANSE NOS PLAIES

Cet hommage au Y. M. C. A. nous amène à notre conclusion sur ce que l'Angleterre a fait pour la France, en dehors de l'aide *militaire, navale, financière et économique*, discrètement, silencieusement, efficacement, depuis le premier jour de l'invasion.

C'est un chapitre du Livre d'Or de l'Angleterre qui n'a pas encore été écrit. Le coup porté à la France, à la France loyale et pacifique, par la brutale agression de l'Allemagne, fut ressenti par le peuple anglais comme si lui-même en avait reçu en plein cœur l'épreuve, l'outrage et la gloire. Aussitôt, les citoyens britanniques s'organisèrent pour venir fraternellement en aide à la France innocente et envahie, à la France non moins riche que l'Angleterre, mais surprise comme elle par la guerre et portant plus qu'elle le fardeau de la guerre.

Dès l'automne de 1914, *un Comité de la Croix-Rouge Britannique et de l'ordre de Saint-Jean* se constitue pour renforcer spontanément les services sanitaires de l'Armée française par des moyens dont ceux-ci ne disposaient pas encore (transports automobiles, par exemple). Il n'est pas un Français, depuis quatre ans, qui n'ait rencontré au front ou dans les rues de nos grands centres sanitaires les ambulances automobiles portant cette devise : « Bristish Red Cross And Order of Saint-John ».

Depuis janvier 1918, ce comité s'est combiné avec celui de la Croix-Rouge Française à Londres (Président M. Paul Cambon). *Pendant trois ans et demi, il a fait sa besogne tout seul.*

Ses états de services, les voici :

Un Etat-major de 80 membres fut installé à Londres spécialement chargé de la Direction générale et de l'Examen scrupuleux des candidats aux fonctions d'infirmiers en France, afin que les plaies de notre pays ne fussent pansées que par ceux qui en étaient dignes. *Tous les comités, toutes les villes, tous les villages* de la Grande-Bretagne firent aussitôt affluer leurs dons.

Quatre sections d'ambulances automobiles, complètement équipées, furent expédiées outre-mer, trois en France, une à l'armée française des Balkans.

Cinq cents automobiles, indépendantes des quatre « sections » ci-dessus mentionnées, furent mises avec leurs personnels à la disposition des régions de la France les moins bien desservies par les réseaux de chemins de fer.

En troisième lieu, ne faudrait-il pas dire : en premier ? un service de « side-cars » (motocyclettes avec voiturettes) institué par le Comité, a permis, lors des combats de Douaumont, d'évacuer en 7 heures, au lieu de 19, les blessés français dont le transport aurait nécessité l'emploi de 22 trains sanitaires.

Ajoutez à ces divers services, *treize laboratoires automobiles* pourvus d'appareils de

« rayons X », et deux automobiles pour service *dentaire* qui nous furent expédiées par le Comité.

Passons à l'installation hospitalière. Plus de *26 hôpitaux britanniques* pour *blessés français* furent créés, avec un total de 3.500 lits, et un corps d'infirmières anglaises pour *hôpitaux français* fut recruté et mis en service.

En outre, 2.500 hôpitaux français ont reçu des secours divers du Comité (France, Algérie, Tunisie, Salonique, île de Lemnos), sans oublier *40 bains-douches* dont chacun fournit à la fois un jet d'eau chaude à huit hommes réunis *et des appareils de désinfection* qui ont été offerts en très grand nombre aux dépôts et hôpitaux français.

Mais les non blessés méritent aussi sollicitude et réconfort.

Cinquante cantines administrées par des dames anglaises furent installées dans la zone des armées françaises ou dans les centres d'éclopés et d'isolés.

L'œuvre du *paquetage du combattant français* a été approvisionné par le Comité jusqu'à concurrence de 36.000 colis individuels (effectif d'un corps d'armée) contenant 258.112 vêtements.

De même, les prisonniers de guerre français qui résidaient en Angleterre avant la guerre ont reçu régulièrement des colis, par les soins du Comité.

D'autre part, les populations civiles des régions reconquises ont été secourus, elles aussi : 8.000 arbres fruitiers, 50.000 plants de choux ont été expédiés en France, ainsi que des plants de rosiers « pour que la belle France refleurisse », dès le lendemain de la retraite allemande de l'Ancre.

Enfin, le fléau que nos généreux alliés américains se préoccupent particulièrement de combattre, la tuberculose, avait déjà retenu l'attention de nos généreux alliés britanniques, qui ont organisé *une colonie sanitaire spéciale* pour venir l'enrayer en France.

Grâce aux souscriptions incessantes, non pas certes de la charité, mais de la *fraternité anglaise*, les encaisses du Comité furent: en 1915 de *22.484 livres sterling;* en 1916, de *100.381 livres;* en 1917, de *176.000* livres. On voit que la durée de la guerre et du malheur, loin d'affaiblir cette aide, l'accroît.

Mais pourquoi ne pas descendre aux humbles détails si touchants qui montrent comment nos bons amis les Anglais ont eu une pensée pour toutes les épreuves et tous les besoins de leurs frères de France? De décembre 1914 à octobre 1917, le Comité britannique de la Croix-Rouge Française a distribué dans les hôpitaux français :

1.595 lits.
32.942 paires de draps.
40.816 taies d'oreiller.
104.745 chemises.
263.542 paires de chaussettes.
204.574 mouchoirs.
124.993 serviettes.

Il semblerait que la liste fût close de toutes ces générosités, des plus magnifiques aux plus menues; pourtant il nous est impossible de ne pas rendre un hommage choisi à ces innombrables œuvres britanniques dues à des initiatives diverses ne se rattachant à aucune des grandes organisations que nous avons citées. C'est ainsi *que l'Œuvre hospitalière des Femmes Écossaises* s'est distinguée en France, et pour la France, par une création sans pareille. Ces femmes s'avisèrent qu'il existait dans la vallée de l'Oise une vieille ruine gothique du style le plus pur, dite abbaye de Royaumont. Les pierres, le site étaient enchanteurs, mais éloignés, perdus en pleine campagne. Leur jolie fantaisie s'y fixa aussitôt. Elles ressuscitèrent les vieilles pierres, elles réveillèrent les eaux vives endormies, elles éblouirent d'électricité ces voûtes quasi millénaires, et un service de liaison automobile ayant été institué par leurs soins, elles transformèrent la solitude de Royaumont en *Hôpital 301 de la Croix-Rouge Française*. Particularité sans doute unique dans l'histoire des secours aux blessés, cette installation tout-entière, son fonctionnement, son approvisionnement, ses services médicaux et chirurgicaux sont assurés exclusivement par des *femmes*, et qui plus est, par des *suffragettes!* D'hommes, il n'y a que nos blessés français, qui leur ont appliqué cette belle devise de Florence Nightingale sur les champs de bataille de Crimée: « Elles cherchent la douleur comme on cherche un trésor. »

LE CŒUR
DE L'ANGLETERRE
A LA FRANCE

Ce pauvre exposé du soutien national et de l'entr'aide privée fournis par la Grande-Bretagne à notre pays à travers les épreuves de ces quatre années de guerre, se pourrait récrire et augmenter bien au delà des limites de cette brochure. Mais ce qu'il nous faut dire en terminant c'est combien l'Angleterre aime la France, plus même qu'elle n'a pu le démontrer par tous ces secours, toutes ces largesses, toutes ces preuves de son dévouement.

Oui, il faut apprendre aux Français quelle vénération, quelle adoration soulève en Angleterre le seul nom de la France, le culte qu'on y voue à l'immortelle gloire de Verdun, les mille et charmantes occasions qu'on y recherche ou qu'on y provoque pour fêter utilement notre patrie : Le « jour de France » (14 juillet) célébré d'année en année par nos amis, le « journal » qu'ils publient à cette occasion, en français, avec l'article de tête rédigé par la Reine elle-même ; le « jour de Trafalgar », défaite française sous Napoléon, transformé en « jour de Nelson » dès 1916, afin que tout souvenir de notre malchance s'évanouisse et que les *couleurs françaises et anglaises puissent se marier,* comme elles le font chaque année, au pied du monument du grand marin ; et puis tant de traits individuels qu'il faudrait sauver au passage : ce souscripteur des *Bons de la Défense Nationale Britannique* envoyant, anonymement, les milliers de livres qu'il y avait placées, avec cette simple dédicace « *A la France, pour ce qu'elle a souffert* ». Enfin, c'est d'hier, cette invitation des écoliers anglais faite aux écoliers parisiens de venir s'établir parmi eux pour se mettre à l'abri des Gothas barbares ; cette visite de nos zouaves en Grande-Bretagne, après celle de la Garde républicaine, toutes deux sollicitées avec instance par nos alliés, ce défilé, comme étouffé dans les rues de Londres par l'assaut enthousiaste de la population qui rompait les rangs du bataillon, étreignait les mains de nos soldats et leur arrachait leurs boutons en souvenir de leur héroïsme et en gage de l'alliance éternelle ; et puis ce cri, ce cri d'un Anglais dans la foule : « *Les zouaves sont une religion à eux seuls !* »

Ami Français qui lis ces lignes, rigoureux témoignage des faits, n'en éprouves-tu pas un émerveillement ? Avoue que tu ne soupçonnais pas tout ce qu'il y a pour la France dans le cœur d'un Anglais, parce que, chez nous, ce cœur se cache et parce que cet Anglais est taciturne. Mais maintenant tu es en mesure d'aller au-devant de cette timidité. Maintenant tu sais que cette Angleterre, qui accomplit envers nous tout son devoir, nous donne, par surcroît, tout son amour.

Son devoir, des chiffres te l'ont prouvé, et, à l'heure où s'impriment ces pages, les communiqués te le confirment : grâce à un dernier sacrifice, nécessaire sans doute, mais si méritoire pour ces obstinés individualistes qui surent incliner l'indépendance de leur commandement devant la suprématie du nôtre personnifiée dans le maréchal Foch, les Britanniques, victorieux comme nous, balaient devant eux l'armée allemande.

Que la gloire donc soit indivise entre l'Angleterre et la France, comme furent partagées toutes leurs épreuves de ces quatre longues et patientes années depuis le premier coup de canon. Et que permanente soit l'alliance qui se sera formée dans la guerre, afin de nous garantir la paix!

Mais ne croyons pas que le sang lui-même puisse sceller un pacte fécond, si le cœur ne souscrit au traité. A nous, Français, à notre tour d'assurer cette victoire morale sur le passé, les préjugés et les méprises, sur l'obstacle des mœurs et des langues qui s'était dressé entre les deux peuples ; à nous aussi d'aimer d'amour cette Angleterre de la Grande Guerre qui d'amour a aimé la France et l'a mise sur un piédestal.

Et puisque l'estime est la condition de toute affection supérieure, disons simplement :

« Honneur soit rendu à nos braves amis les Anglais et à leur Patrie : la *loyale Albion*. »

Septembre 1918.

Imp. de Vaugirard, H.-L. MOTTI, direct., Paris.

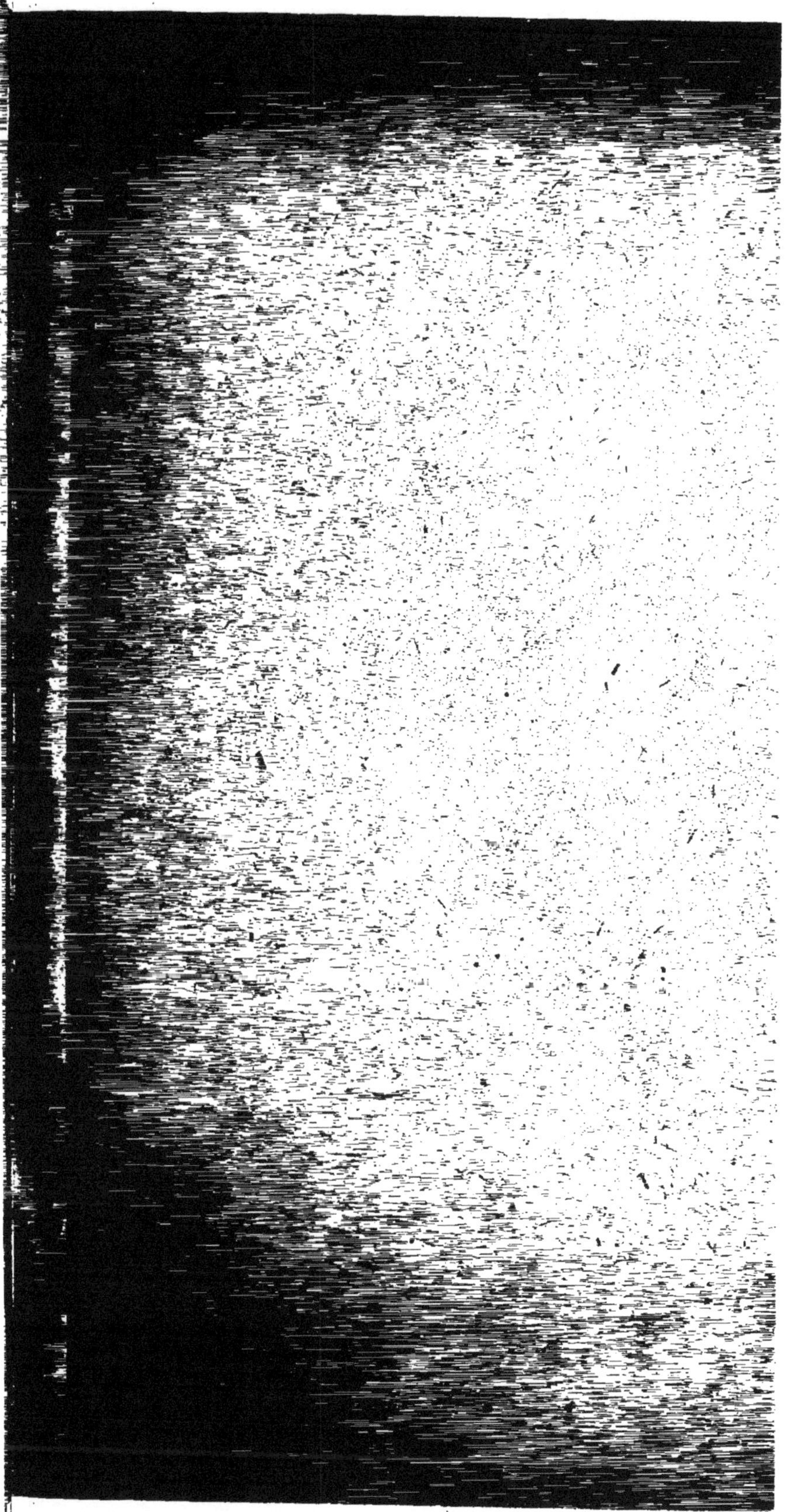

PARIS

Imprimerie de Vaugirard

H.-L. Motti, Directeur

12-13, Impasse Ronsin